AF285937

Herstellung und Verlag:
Books on Demand GmbH, Norderstedt
ISBN 978-3-8391-3287-6

Für Lara
(Das Leben ist hier auch kein Ponyhof)

Inhalt

Der siebente Zwerg
17. Jahrhundert, Sachsen, Erzgebirge

Prosit Fremder, Ihr habt mich gefragt: " Wo kommst Du her? Gibt es dort noch mehr wie Dich?"

Ich hab geantwortet: "Spendier' mir ein Mahl, und ich wird's Euch erzählen."

Wir sind derer sieben, meine Kameraden und ich. Wir wohnen in einem Haus im Dunkelwald, nahe bei Frohnau. Nein, kein Haus in Wirklichkeit, eher eine kleine Hütte, mit kleinen Bänken und kleinen Tischen und kleinen Bettstätten. Ja, auch meine Kameraden sehen aus wie ich, weißes Greisenhaar, und dicke Wollfilzjacken mit steifen spitzen Kapuzen. Wir sind Bergleute, wir schürfen nach Erz und Silber und Edelsteinen.

Ein schöner Beruf? Ja, das sagte mein Vater zur Mutter, als er mir befahl mein Bündel zu schnüren. Es sei Zeit, mich an die Arbeit zu gewöhnen. Die Mutter weinte, als sie mich zum Abschied segnete. Doch es war das Beste so, sie leidet am meisten Hunger, verzichtet sie doch zu unseren Gunsten sich satt zu essen. Und dabei trug sie schon wieder ein Kind. Es war Gottes Wille. Aber ach, wie ich sie vermisse, ich denke immer an sie, wenn ich im Berg bin, im tiefen, kalten, dunklen Schacht!

Der Schacht. Vor Sonnenaufgang werden wir hingetrieben. Wir wollen nicht, aber wenn wir uns weigern gibt es die Knute. Du willst nicht? heißt es dann. Dir fehlt etwas Antrieb! Ja es gibt

Schläge statt Brot, bis der Hunger uns treibt!
Wir schieben uns seitwärts in den engen Schacht hinunter, zum Stolln, auf einem Brett über das Geröll. Am Fuß haben wir ein zweites Brett befestigt, für die Kiepe. Erst wenn sie randvoll ist dürfen wir wieder zurück. Zu Anfang schafften wir es vor Sonnenuntergang, wir haben uns beeilt, denn war man vor den Anderen fertig, konnte man in der Sonne ruhen, es ruht sich gut in der Sonne, nicht war? Aber jetzt ist der Stolln so tief im Berg, und der Rückweg ist so beschwerlich mit der beladenen Kiepe, man kann froh sein, man schafft es überhaupt zurück. Denn so mancher wird tot herausgebracht. Einer kam nie mehr. Verschüttet! Wir hören seinen Geist, er flüstert und seufzt, er jammert und kreischt. "Lasst mich nicht allein. Holt mich raus." Er ist so alleine da drunten!
Wir bekommen eine Kerze die Woche und ein Talglicht pro Tag. Wir hauen den Stein im Liegen oder im Hocken und schieben uns im Finsteren zurück, weil wir das Licht zurücklassen. Als Trost für den Geist. Das sind Stunden im Dunkel, die dauern und dauern, raus hier, nur raus! Haben wir es geschafft, ist die Sonne schon untergegangen.
Geschlossen wandern wir zur Hütte. Wir sind so müde, aber wir wehren uns gegen den Schlaf. Weil auf den Schlaf das Erwachen folgt, das

schlimme Erwachen. Wir weinen uns den Staub aus den Augen, dann zünden wir die Kerze an. Dann kriechen wir in die Kammer unter dem Boden, die wir für SIE gegraben haben. Dann schauen wir SIE an. SIE ist so schön. Schwarzes, langes, weiches Haar! Lippen rot wie Blut! Schneeweiße Zähne! Groß und gerade gewachsen. SIE kam zu uns auf der Flucht vor ihrem Vater, der sie befleckte. Und vor der Eifersucht der Mutter. Wir verstecken SIE vor ihnen und tun alles für SIE. Die jüngeren von uns schmiegen sich an sie, nennen sie Mutter. Doch ich bin schon zu alt für solche Mätzchen!

Ich bin besorgt um sie, ihre Haut ist so blass und fahl, die Augen so leer. Sie will nichts mehr essen und sitzt da wie tot. Deshalb bin ich aufgebrochen, um einen Arzt zu finden, der sich erbarmt ihr zu helfen - solange noch Leben in ihr ist.

Gnade mir Gott, was mir passiert wenn ich zurückkehre. Aber ich muss Hilfe holen, ich bin der älteste von uns. Aber nicht so alt, wie ihr glauben mögt, ich zähle dreizehn Lenze!

Mia

Martina betrat die Wohnung im vierten Stock, farbverschmiert und entschlossen, ihren Schlüssel auf den Wohnzimmertisch zu legen, um für immer zu verschwinden, in ein neues Leben. Ende aus, Mickeymaus!

"Ich habe alles richtig gemacht", dachte sie. Das hatte auch Frau Rosner gemeint. "Sie stehen sich besser wenn sie eine eigene Wohnung haben." Sie sprach ihr Mut zu, die Bewährungshelferin, sie lobte sie über den Klee, wenn sie mit ihrem weiten Hemd und geflochtenem Haar die Wände der maroden Dachwohnung mit dem Spachtel abschabte. Eine Seele von Mensch, nur, dass die gute Frau nicht den allerblassesten Schimmer hatte, wie es um sie bestellt war. Sie hielt ihre Bemühungen für Kampfgeist! Die Ahnungslose! Genau das Gegenteil war der Fall. Martina befand sich in einem Zustand der totalen Resignation.

Beim Betreten ihrer ehemals gemeinsamen Wohnung prangte ihr das Plakat entgegen: MANOWAR. Die langhaarigen, hammerschwingenden kriegerischen Gestalten in „Lederstramplern" hatte sie gemocht. Das Poster der lautesten Metal-Band der Welt war von ihm. Und ein nicht unwesentlicher Teil von ihr. Der mit den unsichtbaren Tattoos, und Piercings, die sie in Wirklichkeit gar nicht hatte. (In Wirklichkeit sah sie ziemlich bieder aus. Das war auch der Grund, warum Bine ihr vorgeschlagen hatte, sie solle die Päckchen abholen.) Die Krallen an ihr, und das Fauchen in ihr. Wo war das bloß alles hin? Den Bach runter, wie ihre romantische Ader, der andere nicht unwesentliche Teil von ihr.

Mit all dem hatte sie zu ihm gehört. Zu Victor. Er war in Chile geboren. Schon das hatte sie fasziniert.

Im Wohnzimmer sah sie ihn, schlafend auf dem Sofa. Nackt. Das war ja eine Überraschung, sie sollte das festhalten, irgendwie, dieses Bild ihres schlafenden Ex-Lovers, als letzte Erinnerung...
...wie viele Hoffnungen und Träume hatte wir gehabt - wir zwei - wir zwei - wir zwei!
Sie hat ihm gesagt sie wolle ein Bild von ihm malen - aber sie hat sich nie getraut. Denn natürlich würde sie das nicht können, sie konnte malen, gewiss, aber nur Fantasy- Figuren, nichts realistisches, nichts was man letztendlich würde erkennen können. Aber Victor schlief ja tief. Was, bitte schön sollte jetzt noch schief gehen? Und wann würde sich noch einmal die Gelegenheit bieten? Sie wollte es versuchen. Denn sie hatte ihre Malutensilien noch dort.

Den Skizzenblock mit feiner Körnung. Bleistifte in der Diddl-Blechdose. Sogar Kohlestifte, ein Geschenk ihrer Freundin Sabine. Alles in einer Baumwolltasche mit dem Aufdruck „VOD Heidelberg", (dessen Bedeutung sie vergessen hatte,) ordentlich verstaut, im untersten Fach der Anbauwand. Das einzige Ordentliche hier, wie ihr schien.

Sie fing immer bei den Augen an. Gewiss war die Form des Gesichts sehr wichtig, aber die Form und die Tiefe der Augen bestimmte letztlich den ganzen Ausdruck. Den Körper konnte sie leicht drumherum malen, wenn nur die Augen stimmten. Das war das ganze Geheimnis. Und deshalb traute sie es sich nie. Was war das Besondere an Victors Blick? Dunkel und blank. Und immer wirkten sie ein bisschen neugierig. „Was kann ich für dich tun?" schienen sie zu fragen.

Victor hatte Bürokaufmann gelernt. Als Kellner hatte er sich nur betätigt, um sein Budget aufzubessern. Aber er war beliebt im „Königs", und irgendwie ist er dort hängen geblieben. Alle mochten ihn, besonders die Frauen. Diesen schönen Mann, mit dem interessiert fragenden Blick!

Aber seine Augen waren jetzt geschlossen. Sie malte das Augenpaar, betrachtete das Ergebnis zweifelnd. Kinderaugen!

Wir zwei, wir zwei und ein gemeinsames Kind, wir zwei und eine Abtreibung - Scheiße - Du feige Sau! Ich bestell uns das Glück und Du bestellst es wieder ab - das verzeih ich Dir nie!

Aber sie hatte doch verziehen. Das Leben ist kein Ponyhof. Du kommst in einer halben Stunde nach Hause? Nun gut, ich warte mit dem Essen auf Dich! Und sie hatte gewartet und gewartet Er kam nach Hause, nach drei Stunden, sie warf den Spiegel nach ihm und er sagte sie spinne. Sie hatten oft Zoff gehabt.

Martina verließ beim Malen der Mut. Sie deutete Nase und Mund nur an, und widmete ihre Aufmerksamkeit dem Körper. Hals und Schultern.

Ein zerbrochener Spiegel bringt Unglück. Aber er hatte ihre Hände festgehalten. „Ich musste doch noch länger arbeiten. Du kannst Dir nicht vorstellen was da auf einmal noch los war. Zum Anrufen bin ich gar nicht mehr gekommen. Und als der Laden jetzt endlich dicht gemacht hat, habe ich mich so beeilt. Verdammt!" Sie

hatte geheult. Er hatte sie gehalten. Dann hatten
sie sich geliebt...

Martina malte Brust und Bauch, dann die Hüf-
ten. Sie betrachtete das Bild von weitem und
fand es ähnlich. Ja, das war Victor! Der Rest war
ein Kinderspiel. Oder?

Ach, sie hatte ihn viel zu dünn gemalt! Er sah ja
verhungert aus! Sein Bauch war rundlicher und
muskulöser auch. Viel rundlicher jetzt als früher. Aber das gefiel ihr. Früher hatte sie diesen
Bauch oft geküsst …

Dass er die Miete nicht überwiesen hatte, das
hatte den Ausschlag gegeben. Martina hatte ihm
von ihrem mageren Lohn die Hälfte der Miete
gegeben, und dieses A...loch hatte die Miete
einfach nicht überwiesen, und stattdessen groß
auf die Kacke gehauen und großzügige Weih-
nachtsgeschenke gekauft. Für seine Mutter, seine Schwestern - goldene Ohrringe mit bau-
melnden Perlen für sie, wo sie doch
Goldschmuck nicht ausstehen konnte, und
schon gar nichts wackelndes, baumelndes, sie
trug wenn überhaupt nur Kreolen. Und sie war
so beschämt gewesen, weil sie für ihn nichts
gehabt hatte, weil die Miete doch wichtiger war.
Sie hatte es nicht fassen können. Sie hatte gar

nichts sagen können. Sie hätte toben können vor Wut und Entsetzen. Aber sie ließ es sein. Es hatte ja keinen Zweck. er würde es nicht verstehen.

Dann hatte Sabine die Idee mit dem Dope. Sie sollte mit dem Zug fahren, Samstagmittag, auf dem Markt in Venlo etwas Gemüse kaufen. Dann die Boutique am Hafen aufsuchen, die Päckchen entgegennehmen und in der Kaffeedose verstecken. Dann einfach in den Zug steigen und sich entspannen. „Entspann' dich, Süße!" hatte Bine gesagt. „Das Zeug ist schon bezahlt und Du brauchst es nicht einmal anzusehen. Am Besten, Du denkst nicht weiter drüber nach. Dann ist alles ganz easy."

Die Freundin war Modedesignerin geworden, mit tollen Klamotten, toller Bude und noch tolleren Freunden. Und sie war immer relaxt. Sicherlich eine wichtige Vorraussetzung für Erfolg und Wohlstand – hatte Martina sich gedacht. Und eine Zeitlang hatte das ja auch ganz gut funktioniert.

Mit Victor stritt sie nun gar nicht mehr. Er folgte seinen eigenen ehrgeizigen Plänen. Martina hatte keine Lust ihn zu bremsen. Schließlich hatte er sie ja zu Genüge zusammengepresst, zu einem Klumpen Pech, als sie an Glück und Baby und Heirat gedacht hatte. Sie wollte es ihm nicht gleichtun. Sie schmiss nicht mehr mit Gegenständen. Er hielt sie nicht mehr fest.

„Er streichelte die Katze mehr als mich", dachte sie.

Sie malte sein Geschlecht und die Beine. Aber nein, das war überhaupt nicht ähnlich! Sie widerstand dem Impuls den Bleistift wie ein Messer zu fassen um ihr Werk zu zerstören. Hin und her, und krickel, krackel wie ein zorniges Kind im Kindergarten. Krickel, krackel, aufschlitzen das ganze Bild, und dann zusammenknüllen und wegwerfen, weg damit! Sie keuchte ein bisschen unter der Anstrengung sich zusammenzunehmen – und weil sie ihm auf einmal am liebsten die Hand auf den Bauch gelegt hätte. Oh je!

Da stöhnte auch er im Schlaf, und murmelte: „Mia."
Mia oder Miau?

Ein „Plopp" war zu hören, wie etwas Weiches, dass hinunter fiel. Miau, die Katze machte einen Satz von der Fensterbank, wo sie geschlafen hatte, fast vor Martinas Füße; schritt an ihr vorbei, und hob den hübschen schmalen Kopf zu ihrer Hand hin, die noch ausgestreckt nach Victors Bauch war.

Martina, (von Victor früher zärtlich „Mia" genannt,) zog die Hand zurück, blätterte die Seite des Blocks um, und fing sogleich an ihre Katze zu malen. Ja, es war ihre Katze, die hübsche, zierliche, schwarze, seidige Kleine! Aus dem ersten und einzigem Wurf von Sabines Kätzin.
„Aimeè" hatten sie sie genannt, aber die Kinder hatten den Namen noch nie gehört, und sie umgetauft in „Miau".

Jetzt lief das Tierchen eine enge Schleife, sah dabei erwartungsvoll zu ihr hoch, und würde noch weiter ihre Kreise ziehen, und an ihrem Bein entlang streifen. Geduldig ungeduldig. Bis sich Jemand fand, der fragte: „Was kann ich für Sie tun, Gnädigste?"

„Biest", flüsterte Mia Martina, strichelte flink kurzes Fell, spitze Ohren, Schnurrhaare, wie ein Hauch. Drei Punkte für Augen und Nase – fertig! „Ich verlasse Dich!" schrieb sie darunter. Dann riss sie das Blatt ab, legte es auf den Wohnzimmertisch, packte das Malzeug zurück in die Stofftasche, nahm Miau hoch, schlich aus dem Zimmer, griff im Flur auch noch nach dem

Katzenklo, verließ die Wohnung so bepackt, und zog leise die Türe hinter sich zu. Den Schlüssel ließ sie nicht zurück. Den konnte sie ihm ja ein andermal bringen, dem armen verlassenen Junggesellen.

Lichtjahre voraus

Als ich des Nachts im Sommer durch die Luke der Toilette des Laboratoriums nach draußen gestürzt bin, war am Himmel kein Gestirn zu erkennen gewesen. Da bin ich mir ganz sicher, obwohl – darauf zu achten hatte ich ja gar keine Zeit gehabt, weil die Stahlschotts schon dabei waren, alle Öffnungen wegen des Unwetters zu verschließen, während ich mich, ohne Überlegung oder Vernunft, - dafür blitzschnell - am Waschbecken hochgezogen habe, um seitlich durch den inzwischen schon ziemlich schmalen Spalt zu gleiten. Ich bin sehr schlank und sportlich, wissen Sie…

…trotzdem habe ich nach Luft gerungen, einerseits wegen des Aufpralls, anderseits wegen des Sandsturms. Ich habe mir die Bluse über den Kopf bis über den Mund gezogen, und bin durch die brausende, heulende Finsternis gelaufen, in die Richtung, in der ich den Bahnhof vermutete. Bei meiner Ankunft im Frühjahr, hatte ich dort einen Hinweis auf einen Schutzraum gesehen…

…denn bei solch einem Wetter muss man sich in einem Schutzraum aufhalten. Es ist nicht erlaubt sich nach einer Sturmwarnung draußen aufzuhalten. Es ist auch nicht erlaubt sich aus einem Fenster zu stürzen. Auch nicht, wenn es fast ebenerdig angebracht ist. Ich hätte meine Stelle kündigen können. Aber der Gedanke kam mir nie. Im Gegenteil. Wie glücklich war ich doch, als ich mit dem leichten Gepäck des Stolzes hier eingetroffen bin. Stolz, meine Studien geschlossener Agrarsysteme gewürdigt zu wissen, und von der staatlichen Versuchslaboratoriumsgesellschaft angeworben zu sein. Seither forschte ich in diesem seltsamen Gebäude, das eine gewisse Ähnlichkeit mit einem Schalentier im Ozean hat. Seit unser Planet sich vor den schädlichen UVB-Strahlen nicht mehr schützen kann, arbeiten wir unermüdlich an Lösungen, die unsere Ernährungssituation wieder verbessern können. So habe ich mein Bestes geleistet, das ist doch nur natürlich, nur war mir ja nicht klar, worauf ich mich da eingelassen hatte.

Links! Von links war ich gekommen! Wie weit war es gewesen? Konnte ich die Entfernung schaffen? Ich atmete keuchend durch den Stoff der Bluse, und konnte fast überhaupt nichts sehen. Aber was ich sah, war geeignet, mir jede Hoffnung zu nehmen. Drei Wirbelstürme kamen mir unaufhaltsam entgegen.

Ohne temperaturausgleichende Wälder sind die Tornados auf unserem Planeten ein häufiges Phänomen. Oft hatte ich sie zusammen mit meinen Studienkollegen beobachtet. Meist zogen sie in der Ferne an uns vorbei. Nicht selten versuchten sie aber auch in unserer Nähe etwas mitzunehmen, etwas abzureißen, um es auf eine Karussellfahrt einzuladen, und dann überdrüssig auszuspeien. Manchmal vereinigten sich mehrere zu einem, manchmal nicht. Nur eines war sicher, nie konnte man ihren Tanz vorherbestimmen.

Mein Herz hämmerte gegen meine Brust. Ich bekam kaum noch Luft. Fast hätte ich aufgegeben, mich auf den Boden gelegt und mich dem Schicksal ergeben, hätte ich nicht plötzlich die Schienen gesehen. Das Transformatorenhaus. Jemanden, der mich herbeiwinkte, mich am Arm fasste, mich hereinzog, die Türe schloss.

„Wohin des Wegs junge Frau?"
Ich zog die Bluse herunter.
„Ein Spaziergang" keuchte ich.
Der Mann betrachtete mich ungläubig.
„Bei dem Wetter?"
„Als ich losging war schönster Sonnenschein."
„?"
„Eine Verabredung!"
„So?" Der Mann glaubte mir nicht. Ich blickte an mir herab. Die weite, unförmige Pluderhose die ich trug, war bequem, und für eine Lesestunde auf dem Sofa geeignet, jedoch nicht die

übliche Kleidung für eine Frau.

„Ja in Hosen, man kann sich auch in Hosen verabreden, oder?"

„Bei schönsten Sonnenschein, soso, und ohne Augenschutz, soso."

„Ich habe Kontaktlinsen!" raunzte ich ihn an.

Es ist verboten ohne Augenschutz im Freien zu sein. Dort tobte und kreischte der Wind weiterhin. Wir saßen beide auf dem Fußboden. Es blieb uns nichts anderes übrig als zu warten. So hatte ich Zeit, den Mann genau zu beobachten. Sein Alter vermochte ich unmöglich zu erraten. Er war spindeldürr. Seine Haut und seine Haare stumpf und trocken. Wie er da hockte, mit langen, angewinkelten Gliedern, hatte er Ähnlichkeit mit einer Heuschrecke. Zum ersten mal wurde mir der Hunger derer bewusst, die nicht so privilegiert waren wie ich.

„Du wirst hungrig sein", sagte der Mann in dem Moment, stand auf, und schloss einen Schrank auf. Daraus holte er eine Tasche und eine Wärmefolie.

„Ich bin übrigens Elok."

Er reichte mir die Folie und ein Stück Magabrot aus der Umhängetasche. Dieses „Brot" besteht zum größten Teil aus Seetang, ist salzig und wenig nahrhaft.

„Ich heiße Lara", sagte ich.

Elok biss vom Maga ab und nickte.

Der Transformatorenraum ist der Schutzraum, dachte ich. *Darauf wäre ich nicht gekommen!*

Ich musste eingeschlafen sein. Als der Mann mich an der Schulter berührte, war ich sofort wieder hellwach.

„Es ist vorbei", sagte er. „Komm! Vom Bahnsteig ist nichts mehr da, und die Schienen", er deutete mit seinem langen Kinn in eine vage Richtung, „sieh selbst! Am besten Du gehst wieder zu den Ratten. Du gehörst doch zu denen."

„Ratten?" Ich wusste, er meinte meine Kollegen, uns, die Leute von der „Auster". Aber ich hatte nicht gewusst, dass die Bevölkerung uns so nannte. Das klingt abfällig, feindselig, nicht wahr? Keiner mag Ratten! Man will sie nicht einmal essen!

„Kommst Du zurecht?" fragte er dann, „Ich muss mich hier um die Energieversorgung kümmern."

Wenig später schrilles Kreischen. Der Transformator arbeitete wieder! Elok musste der Bahn-Elektriker sein! Aber wozu Strom ohne Zug? Nach weiterem Warten Motorengeräusch, erst in meiner Nähe, dann sich entfernend. Als er nach einer Ewigkeit nicht kam, war ich mir sicher, er hatte sich auf den Weg gemacht, wohin auch immer, womit auch immer. Ohne sich zu verabschieden. Vorsichtig tastete ich mich durch die Trümmer in Richtung der Motorengeräusche. Dort sah ich ihn schemenhaft, im schwachen Licht des frühen Morgens, auf einem Elektro-Zweirad sitzend, eine lächerlich kleine Wasserflasche in der Hand! Er schaute nach oben - und sah „das Muster" schwach schimmernd in östlicher Richtung.

„Das ist wunderschön! Was ist das?"

„Bioetherische Botschaften."

„Biossphärische?"
„Nein. bioetherisch! Und eigentlich unsichtbar! Dieses Aufglimmen können wir nur sehen, weil sich momentan viel organische Masse in der Luft befindet. Vielleicht Exkremente, mikroskopisch klein, aufgewirbelt durch die Twister. Die darin enthaltenen Mikroorganismen reagieren auf die Botschaften."

„Sie verglimmen?"

„Nein. Es finden keine Verbrennungsprozesse statt. Wir haben keine Ahnung was mit ihnen passiert. Soweit sind wir noch nicht. Wir wissen nur, dass sie Muster bilden. Organismen formieren sich zu Mustern, meist kreisförmig, meist regelmäßig. Wie Du siehst!"

„Und die biothermischen Wellen reisen nun durch das All! Wozu soll das gut sein? Um die Sterne mit Mustern zu dekorieren? Quatsch! Da gibt es keine Organismen. Und wenn, dann wohl nicht gerade dann, wenn nach wer weiß wie langer Zeit eine eurer Strahlen auftrifft."

„Nicht thermisch! Keine Wellen. Keine Strahlen. Keine Teilchen! Auch keine Geschwindigkeit! Im Moment ihrer Entstehung sind sie gleichzeitig hier und überall. Das heißt, überall in der Richtung, in der sie gedacht sind."

„Gedacht?"

„Ja gedacht! Sie sind so etwas wie Gedanken. Botschaften eben."

„So was kannst Du mir nicht weismachen! Und überhaupt, schneller als das Licht! Das gibt es nicht!"

In diesem Moment erfüllte lautes Dröhnen die Luft. In der Ferne sahen wir wieder Staubwirbel, diesmal von der „Auster" verursacht, die sich träge vom Boden löste. Weitere schimmernde Muster erschienen. Elok flüsterte ungläubig: „Das gibt es nicht, das gibt es nicht."

Ich dachte daran, dass ich mit an Bord sein sollte. Doch dann überkam mich wieder die Furcht, die mich zur Flucht bewogen hatte. Zuerst als ich erfahren hatte, mein Arbeitsplatz sei ein Raumschiff! Dann die Entdeckung dieser unerklärlichen Spuren, die über Nacht in „meinem" Versuchsfeldern mit den jungen Tinkasprossen entstanden waren. Die Angst, die sich, als wir den Zusammenhang mit der neuen Steuerungsprogrammierung des Raumschiffs entdeckten, nur noch verstärkt hatte. Was hatten wir da entdeckt? Telepathie? Welche Befehle wurden den Lebewesen erteilt – und von wem oder was? Was bedeuteten sie? Bisher war es noch keinem gelungen eines der „Muster" zu entschlüsseln. Waren sie einfach ein Nebenprodukt, ohne jeden Sinn und Nutzen, das Abfallprodukt einer Programmierung? Alle diese unbeantworteten Fragen, dazu der immer näher rückende Termin unserer Reise ohne Wiederkehr. Das war zu viel für mich. Und nun waren sie ohne mich gestartet, und ließen mich auf dem sterbenden Planeten zurück.

Mit tränenlosem Schluchzen starrte ich der „Auster" nach, die ausgestattet mit dem von mir mitentwickelten Biotop in die Schwärze des Alls verschwand. Aber nun wollte ich doch mit! Verzweifelt stellte ich mir vor bei ihnen zu sein. *Nehmt mich mit! So hört mich doch!* Ich schickte ihnen meine flehenden Gedanken hinterher. Wenn ich es mir nur stark genug wünschte! Wenn es doch Dinge gab, von denen ich bis vor wenigen Wochen nicht einmal ansatzweise geahnt hatte, dass sie existieren; oder die es bis vor kurzem vielleicht noch gar nicht gegeben hatte, war es dann nicht auch möglich für mich, die Teleportation zu entdecken? Hier und jetzt sofort? Oder die Zeitreise, um meine gestrige Entscheidung zu revidieren? (Wie ich schon sagte, war mir die Vernunft längst abhanden gekommen.) Gerade in dem Moment, als ich mich auflöste, (was sonst konnte der Grund sein, dass ich mich auf einmal so leicht, so körperlos fühlte?) spürte ich Eloks harten schlacksigen Arm auf meinen Schultern. „Sei nicht traurig Prinzessin!"

Traurig? Ich war nicht traurig. Ich war wütend! Was fiel ihm ein diesem – diesem Einfaltspinsel? Er, der bestimmt nicht einmal thermische Energien von bionischen Frequenzen unterscheiden konnte, und von Atomkernen und Elektronen keine Ahnung hatte? Oh, wie dumm er war, wie dumm, so dumm, dass er meinen konnte, sein magerer Arm könne mir Trost bieten, könne mir überhaupt etwas bieten, geschweige denn seine kratzige Stimme? Er hat mich runtergezogen! Er hat alles verdorben! Ich schlug und trat nach ihm, bis er endlich von mir wich und mich entgeistert anschaute. Aber dann merkte ich, dass sein Blick eher verständnisvoll war. Denn ich weinte. Das machte mich nur noch wütender. „Was weißt Du schon, gar nichts weißt Du! Was verstehst Du denn? " Ich hasste ihn…

…aber heute denke ich anders darüber. Ich verstehe doch genau so wenig von den Dingen. Und meine Entscheidung fiel ja, als ich ihn überhaupt noch nicht kannte. Sie fiel, als ich Schwung nahm, mich durch einen schmalen Spalt in den Sturm zu werfen. Und nichts und niemand kann das jemals rückgängig machen. Wie ungerecht, meinen Zorn gegen ihn zu richten. Ihn, der mich doch aufgefangen hat, auf dieser unbequemen Seite meiner Existenz. „Ratten" wurden wir genannt. Die reiche, gutgenährte Oberschicht, die sich mitsamt der Technologie dieses Planeten aus den Staub gemacht hat. Doch nun…

…schaue ich wieder zu den Sternen. Ich betrachte die Sonnen, die Planeten mit ihren Monden. Sie sind doch auch Raumschiffe, die durch das All rasen! Was mich gehindert hat von dem einen in das andere umzusteigen, das war die Unfähigkeit meiner Gedanken dies zu tun. Wie und was sind sie – meine Gedanken? Welche Muster erzeuge ich damit? Und in welche Richtung habe ich sie gelenkt? Nicht in diese Richtung, - mein Blick senkt sich vom Himmel auf meinen Heimatplaneten,…

…sondern in jene. Hier werde ich gebraucht. Ja, und für einen ganz kurzen Moment, für eine Sekunde, - oder auch nur einen Bruchteil davon, weiß ich alles über diese materielose gestaltende Kraft, die in einfacher Form vom Steuerungsmodul der Auster ausgeht, und ebenso einfache Muster erzeugt. Ich spüre eine viel größere ordnende Macht, die viel komplexere Muster erzeugt. Woher sie kommt bleibt unergründlich, aber das Ergebnis sehe und fühle ich überall. Es ist ein Gefühl von Klarheit und Süße. Ich sehe die „Auster" lautlos in der Musik des Universums gleiten – nein, nicht lautlos. Welchen Himmelskörper sie auch ansteuern, ihr Lied wird sich in ebenmäßigen, wunderschönen Ornamenten zeigen. Wie in meinen Tinkafeldern. Sie bedeuten: Wir kommen! Wir nehmen Kurs auf Euch! Ihr bekommt unsere Botschaft, schon Lichtjahre voraus.

Der Pelz

Die Herumtreiberin hatte ihre Arme immer, wenn ich sie sah, schützend um ihre Brust geschlungen. Aber nichts in ihrem Gesicht zeigte etwas von Vorsicht. Es wirkte eher entschlossen, oder sogar kühn.

Vielleicht war sie, wer weiß, aus einer Klinik geflohen – nachdem man sie einer Operation wegen Brustkrebs unterzogen hatte, und ihr eröffnete, dass sie bei der zusätzlichen, notwendigen Chemotherapie all ihr Haar verlieren würde. Ich hätte das verstanden. Die Herumtreiberin hatte schönes Haar, fast schulterlang und weich und rötlich glänzend.

Die Herumtreiberin glaubte vielleicht nicht den routinierten Versicherungen der Krankenschwester, dass sie ja bestimmt wieder gesund würde – und sich so anzustellen wegen der Eitelkeit! – Die Herumtreiberin wollte wohl sichergehen, und noch einmal den Wind in ihren Haaren spüren.

Aber vielleicht war alles ganz anders.

Sie hatte möglicherweise einen sadistischen E-hemann, der sie brutal getreten hatte weil sein Chef ihn wie den letzten Dreck behandelt hatte. Er hatte ihr vielleicht heißen Kaffee auf die

Brust gekippt, weil die Kohlroulade bei ihr nicht so schmeckte wie bei seiner Mutter. Er hatte sie mit brennenden Zigaretten traktiert, weil sie in seinen Augen ein frigides Miststück war. Oder einfach nur so. Vielleicht war sie entkommen, ohne Mantel und Geld, war durchs Badezimmerfenster geklettert, in die milde Nacht, und wollte erst mal gar nicht daran denken, wohin sie sich wenden sollte. Zur Polizei?

Nein, nicht zur Polizei. Die würden sie schon früh genug aufgreifen, sie, die ihren Mann verlassen hatte. Sie, die *Herumtreiberin*! Vorher hatte sie noch eine gute Change, ein paar Tage ihre Ruhe zu haben. Eine Zeitlang war sie jetzt in Sicherheit, solange, bis Gott, dessen Hilfe sie nun erflehte, sie verriet, und so bitterkalte Nächte schickte, dass sie es nicht mehr aushalten konnte, draußen zu bleiben – und dann würde sie bezahlen müssen – für dieses bisschen Glück. Dass sie dazu bereit war, das sah ich in ihrem Gesicht, und noch etwas anderes, dass sie frei war, so sah es aus für mich – in diesem kurzen Augenblick der Begegnung. Alles Andere lag im Dunkeln. Warum nur hielt sie die Arme so? Ich hätte sie fragen müssen. Aber wer würde sich so etwas erlauben?

Die Herumtreiberin bemerkte nicht, dass jemand sie beobachtete. Sie hatte in einer Plastiktüte eine alte Jacke, zu schäbig, sie zu tragen, aber sie taugte noch einigermaßen dazu, sich nachts damit zuzudecken. Leider fror sie trotzdem jede Nacht erbärmlich. Sie hatte die Jacke aus einem Altkleidercontainer fischen können, dessen Klappe wegen Überfüllung nicht ganz geschlossen war. Zu Hause hatte sie viele schöne Jacken und auch einen Pelz, einen wunderbaren Pelzmantel, den sie aber noch nie getragen hatte, denn das mit dem Pelz war ein Geheimnis. Sie bewahrte ihn im Keller auf, in einem alten Koffer, und jeden Tag der letzten Monate hatte sie Angst gehabt, Hartmut könnte ihn dort entdecken. Irgendein dummer Zufall könnte ihn dazu bewegen in den Koffer zu schauen, und dann würde er hochkommen und sie würde schon wissen, was er als nächstes sagen würde. „Was ist das jetzt wieder für ein Fummel?" Ach, wahrscheinlich würde er nicht mal was sagen, wortlos hielte er ihn in der Hand. Das hieß dann, er wollte eine Erklärung. Aber sie würde keine haben. Bei den anderen Sachen, da hatte sie sich verteidigt, nur wollte er nicht verstehen, dass sie es wegen *Ihm* gekauft hatte. Blöde Ausreden, für ihn war alles was sie sagte eine blöde

Ausrede und für ihn war sie ein blödes altes Weib, eine alte Schlampe, und als sie ihm versicherte, dass sie eine Arbeit suchen wollte, sagte er: *Das schaffst du nie.*

Sie hatte Zahnarzthelferin gelernt, aber tatsächlich hatte sie seit 15 Jahren keine Arbeitsstelle mehr gefunden. Sie wäre auch Putzen gegangen. „Ich geh' putzen, dann habe ich wenigstens mein eigenes Geld!" hatte sie gesagt. Da hatte er nur geschnaubt. „Putz' endlich mal hier! Mach sauber, wenn du Langeweile hast!" Sie konnte nicht ertragen, ihn so wütend zu sehen. Besänftigend hatte sie ihm eine Hand in den Nacken gelegt, aber er stieß sie weg und war erst recht zornig und sagte, was er nicht sagen sollte, nicht sagen durfte!

Schlampe!

Schlampeschlampeschlampe! Sie hielt sich die Ohren zu, aber er packte sie an den Handgelenken, riss ihr die Hände herunter und seine Stimme drang nun fast ungehindert an ihr Ohr. …kein Recht mein Geld zu verplempern…ruinierst uns…warum dies?...warum das?...

Immer, wenn er den Kampf um ihre Ohren gewonnen hatte, sah sie im Spiegel eine alte hässliche Frau. Eine fremde Frau. Was also blieb ihr anderes übrig, als in das Kaufhaus zu gehen, wo sie in der Umkleidekabine die Person wieder fand, die sie war. Eine liebenswerte Frau, der all die schönen Sachen so gut standen. Aber seltsam, wenn sie die Kleider nach Hause trug, schienen sie sich zu verwandeln. Eigentlich war das doch alles wegen Hartmut, um ihn zu gefallen, aber zu Hause vor dem Spiegel waren es Schlampensachen geworden, und sie steckte sie schnell ganz nach hinten im Schrank. So war das mit den Sachen. Das konnte sie erklären. Aber mit dem Pelz war das anders. Schlimmer.

Nie konnte sie jemanden sagen, warum sie den Pelzmantel gekauft hatte. Er war zwar im Preis reduziert gewesen, aber er war immerhin ein richtiger Nerz, ausgelassen, richtig schön, der schönste Nerzmantel, den sie je gesehen hatte. Sie hatte ihn entdeckt und sofort Angst gehabt, eine andere Käuferin könnte ihn ihr vor der Nase wegschnappen. Deshalb hatte sie die Verkäuferin gebeten, ihn solange beiseite zu hängen, sie habe doch tatsächlich ihr Scheckheft vergessen, so etwas Dummes! Sie war auf die Straße gestürmt und auf dem Weg zur Bank (sie hatte natürlich keine Schecks und musste das Geld vom Konto abheben) kam kam fast so etwas wie ein klarer Gedanke. Sie konnte nicht einfach das

Konto leerräumen. Allenfalls konnte sie den Mantel anzahlen, und dann müsste sie einen Kredit aufnehmen, den sie mit dem Lohn einer Putzstelle abtragen könnte. Ein Lächeln stahl sich auf ihr Gesicht. Sie wäre wohl die einzige Putzfrau mit Nerzmantel.

Seither trug die Herumtreiberin diesen seltsam freien stolzen Gesichtsausdruck. Den Nerz, den sie wider jeder Vernunft noch am gleichen Tag gekauft hatte, trug sie nie. Sie bekam keinen Kredit und keinen Job, auch nicht als Putzfrau, und als sie die Mahnungen und am Ende die Räumungsklage der Wohngesellschaft im Briefkasten fand, ging sie einfach von zu Hause weg, ihr Geheimnis im Herzen verborgen, hinter verschränkten Armen beschützt.

Der Glücksmoment oder Warum Sonia die Schlange heiratete

Sonia konnte sich noch genau an ihre Ankunft in Puri erinnern. Die Bahnstation hatte sie nicht verpassen können, hier an der Küste war die Endstation. Da sie gegen Ende ihrer Reise einen Platz im Abteil ergattert hatte, einen guten sogar, hatte sie geschlafen, zusammengerollt auf ihrem wenigen Gepäck.

"Du brauchst nichts mitzubringen, es ist alles da." hatte Lara geschrieben.
Aber bei ihrer Ankunft hatte sie vergeblich in der Menschenmenge nach ihrer kleinen Schwester gesucht.

"Sonia muss kommen, ich bin in Gefahr!"
Mit solchen und ähnlichen Briefen hatte Lara die Mutter regelrecht bombardiert. Obwohl man wusste, das Lara zur Übertreibung neigte, ja manchmal zu hysterischer Panik, (was sich auch nach der ehrenvollen Eheschließung mit dem reichen Rajiv nicht geändert hatte,) war man zu dem Entschluss gekommen, man könne Sonia in Bangaluru entbehren, und sie der jüngeren Schwester nachschicken, damit sie nach dem Rechten schaue.

Vor einem Monat war sie also in der Tempelstadt angekommen, die kurz vor dem Sankrati-Fest so übervoll war, dass sie gefürchtet hatte sie würde nie gefunden werden.

Im Gegensatz zu Lara war Sonia nicht besonders ängstlich. So hatte sie auch eher einen Anflug von Zorn als von Angst, als ihr jemand von hinten an die Hüfte griff. Wer wagte das!

Sie hatte eine Hose und eine Kunstseidenbluse angezogen, nach europäischem Schnitt, sehr chic, fast buissenesslike, wenn auch ziemlich zerknittert jetzt. Vielleicht hielt man sie für eine Ausländerin auf Abenteuersuche.

Sie war herumgefahren und hatte direkt in Rajivs fröhlich feixendes Gesicht geblickt. Ihm konnte sie den Scherz verzeihen, aber normalerweise tat man das nicht! Von da an war alles gut verlaufen. Er hatte für ein Taxi gesorgt das sie zum Strandhaus brachte.

Das Strandhaus! Der Strand!
Sonia kannte das Meer nur vom Fernsehen. Einen menschenleeren Strand hatte sie sich nie im Leben vorstellen können.
Nun, das alles hier gehörte Rajivs Familie, es war privat.
Sie hatten draußen gespeist, unter Sonnensegeln. Lara, die im Tempel gewesen war, um ein Blumenopfer für Sonias glückliche An-

kunft zu bringen, hatte schweigsam und bedrückt gewirkt. Ständig brächte sie Blumen zum Tempel, so Rajiv. Und Sonia hatte hastig von den berühmten Gärten in Bengaluru erzählt, bemüht die Haltung nicht zu verlieren, unter seinen seltsamen Blicken, und an den Betrieb und die Enge und den Gestank der Großstadt gedacht. Vergeblich! Als er sich zu ihr herüberbeugte, um ihr seine digitale Kamera zu erklären und sie ihr zu reichen, erschauerte sie unter seiner Berührung.

Seither hatte sie ihre Umgebung durch das Kameraobjektiv betrachtet, wenn Lara im Tempel war. Aber meistens kümmerte sie sich um ihre Schwester. Sie wusch und flocht ihr Haar, schminkte ihr wunderschönes Gesicht, lauschte dabei ihren kummervollen Erzählungen über das Unglück der ganzen Welt. Sonia wusste nicht, wie sie ihr helfen konnte. Sie wusste ja nicht einmal was ihrer jüngeren Schwester fehlte, immer wenn sie vorsichtig versuchte Laras Problemen auf den Grund zu gehen, erzählte diese von den Tragödien und Katastrophen, die das Fernsehen und die Zeitungen täglich lieferten.

Aber am gestrigem Tag, da war etwas passiert. Aufgebracht war Lara zu ihr ins Gästehaus gekommen, einen seidenen Sari überm Arm.

"Schau Dir das an!" rief sie. "Der sollte gewaschen sein. Und nun ist er dreckiger als zuvor. Das passiert dauernd, sag ich Dir. Die Hausangestellten können mich nicht leiden. Sie wollen mich hier weg haben. Ich bin denen nicht gut genug für ihren geliebten Rajiv!"

Schockiert betrachtete Sonia das Wäschestück, konnte aber nichts entdecken.

"Aber der ist doch sauber." sagte sie.

"Er stinkt!" sagte Lara angeekelt.

Sonia roch daran. Was war das für ein Geruch?

"Nun, aber das hat doch keiner mit Absicht..."

"Doch."

"Wie können die Angestellten Dich vertreiben wollen? Was sagt denn Rajiv dazu?"

Da brach es aus Lara hervor: "Ja verstehst Du denn nicht! Die stecken alle unter einer Decke. Liest Du denn wirklich nie die Zeitung? All die so genannten Unfälle! Die treffen doch immer die Ehefrauen der höheren Kasten, aber immer nur wenn die hohen Herren mit der Mitgift unzufrieden sind! Wer weiß, vielleicht bin ich als nächste dran. Der Rajiv, hast Du mal beobachtet wie er mich anschaut? Was bin ich froh, dass Du jetzt da bist! Du wirst auf mich aufpassen! Du wirst immer hier bleiben, nicht wahr?"

Lara hatte alles Geld der Familie als Mitgift erhalten. Vater, der als kleiner Beamter nicht viel verdiente, aber als solvent galt, hatte noch einen langjährigen Kredit aufgenommen. Denn der Schwiegersohn galt als gute Partie, so gut, dass eigentlich nur Laras unvergleichliche Schönheit die Tür zu solch einer Familie geöffnet hatte. Für sie, für Sonia würde es keinen Rajiv geben. Ihr Schwager war nicht nur reich, er war auch noch gut aussehend, witzig und zuvorkommend. Mal abgesehen von seiner übertriebenen jungenhaften Albernheit war er ein Traummann. Ihr Traummann. Sie erschrak.

Vielleicht sah sie ihn nicht so, wie er wirklich war. Hatte sie ihn mit ihrer rosaroten Brille verkannt? Sie erinnerte sich plötzlich an sein Gesicht, als er Laras Hand nehmen wollte, und sie diese zurückzog. War da nicht so was wie Wut zu sehen gewesen, oder sogar Hass? Und überhaupt, warum zeigte sich Lara so spröde? Die beiden waren doch verheiratet und hier unter sich. Also, bis auf sie - deshalb wollte sie es heute auch zur Sprache bringen, sie konnte nicht bleiben.

"Dein Mann ist doch verrückt nach Dir. Warum sollte er Dich loswerden wollen? Zudem hast Du doch gewisse Möglichkeiten ihn noch mehr an Dich zu binden." Sie lächelte Lara aufmunternd zu.
"Das kommt nicht in Frage! Ich werde doch das

Unglück, dass auf unserer Familie lastet nicht an ein Kind weitergeben!"

Da war es heraus, und es war schlimmer als Sonia es erahnt hatte. So tief saß Laras Glaube an ihr Unglück, dass nicht einmal ein schöner Mann ihn zerstreuen konnte. Wie sollte sie da auch nur den Hauch einer Chance haben?

Es hatte einen Bruder gegeben für sie beide. Der kleine Sri Sri war im Alter von nur drei Monaten gestorben. Sie war damals schon fünfzehn Jahre alt gewesen. Lara, sechs Jahre jünger, war seither verändert.

"Lara", versuchte sie es erneut: "schau Dich um, Du hast kein bisschen Unglück, mach doch mal die Augen auf!"

"Das tu ich ja. Und was sehe ich? Keine Kuh!"

"Was? Bitte?"

"Hast Du schon mal ein heiliges Rind hier bei unserem Haus gesehen? Oder an unserem Strand? Du läufst doch immer mit der Kamera hier rum, hast Du da schon mal irgendwas vor dem Objektiv gehabt das Glück bringt? Nein, weil wir..."

"Eine Schlange!" rief Sonia. "Hier gibt es eine Schlange, also, wenn die kein Glück bringt! Hör auf jetzt Schwesterchen! Es hilft alles nichts. Ich kann nicht für immer hier bleiben. Meine An-

wesenheit wird die Leute auf ganz komische Gedanken bringen. Ich muss zurück nach Bengaluru, so gern ich auch hier bleiben möchte."
Lara schaute sie mit großen Augen an.
"Eine Schlange, sagst Du? War es eine männliche Schlange?"
"Ja wahrscheinlich, wie die vor mir abgehauen ist." Sonia sagte es voller Sarkasmus.
"Wann war das? War es vorgestern? Es war vorgestern nicht wahr? Da habe ich im Tempel so inständig gebetet, die Göttin möge Dir einen Bräutigam schicken! Da schickte sie Dir die Schlange. So ein Glück!"

Gerade als Sonia sich damit abgefunden hatte, dass ihre kleine Schwester für immer Trübsal blasen würde, da redete diese von Glück. Was sollte sie jetzt bloß sagen?
"Ich kann doch keine Schlange heiraten!"
"Doch, Du musst!"
Mit diesen Worten machte Lara sich auf. An der Tür drehte sie sich noch mal um und sagte: "Ich gehe zum Tempel. Ich hole den Hindi, der wird euch trauen. So lange die Schlange auf diesen Grundstück lebt, kannst Du hier bleiben. Als seine Frau."
Sonia steckte ein Räucherstäbchen in Brand, schaltete das Radio ein, badete. Anders als in ihrer Heimatstadt gab es hier immer Strom und

Wasser. So reiche Leute wie ihre Gastgeber hatten natürlich einen eigenen Generator, der augenblicklich ansprang, wenn wie so oft in diesem Lande, alles zusammen brach. Das Gästehaus hatte zwar nur ein Zimmer, in dem auch die Badewanne stand, aber das hatte sie für sich allein. Schöne Fliesen auf dem Boden, weiße Wände, schimmern wie Perlmutt. Sie würde von den Blumenfotos ein paar Vergrößerungen hier aufhängen - wenn sie hier bleiben könnte. Was würde e r dazu sagen? Sie würde in s e i n e r Nähe sein. Nein, das durfte nicht sein!

Der Sari ihrer Schwester, ein Rausch roter Farbe auf dem Korbsessel. Sie berührte die Seide, ließ den Stoff durch die Finger gleiten. Glatt, kühl - glitschig fast - wie Schlangenhaut. Sie roch noch mal daran. Ein seltsamer Geruch entströmte dem Tuch. Nicht Sandelholz, das sie so gern mochte. Nicht Moschus. Oder doch. Ein kleines bisschen. Aber mehr wie was Lebendigeres noch. Nach Mann. Nach Rajiv. Eigentlich roch es herrlich und aufregend.

Im Raum hingegen schwebte der süße Duft des Räucherstäbchens. Sonia riss die meterlange Stoffbahn des Saris mit einem heftigen Ruck nach oben, die Seide ergoss sich durch den ganzen Raum. Wenn sie ihn durch den Duft des

Raumes zog - . Sie wirbelte damit durchs Zimmer - im Kreis - im Takt der Sitar - die feuchte Seide schmiegte sich an ihre nackte Haut – ihr Geruch würde sich mit dem seinen verbinden.

Sie tanzte. Sie hatte das Zimmer ja für sich allein. Noch nie zuvor hatte sie ein eigenes Zimmer gehabt. Sie tanzte, tanzte, tanzte. Mit dem schimmernden Sari und den silbernen Klängen in der reinen Meeresluft im Strandhaus von Puri, tanzte Sonia den Hochzeitstanz.

Verirrt!

Es war am 07.01.09, ein Mittwoch, das weiß ich ganz genau. Robin, mein Mann hätte eigentlich schon seit Montag zur Arbeit gemusst, aber bei zwanzig Zentimetern Schnee, und bis zu 15 Grad unter Null konnte man auf der Baustelle nicht arbeiten. Robin ist Anstreicher. „Eisenwichser", wie man sagt. Unsere Kinder hatten den ersten Schultag nach den Ferien. Nachdem ich ihre Schulbrote gemacht hatte, und sie das Haus pünktlich verlassen hatten, legte ich mich wieder zu Robin ins Bett. Ankuscheln? Noch ein bisschen schlafen, um zusammen wach zu werden? Aber nicht fest schlafen, sonst würde er mir wie stets entwischen und seinen Kaffee in der Küche ohne mich trinken. Ich bin dann auch nur kurz und traumlos eingedöst und alsbald war ich wieder wach und betrachtete meinen Lebenspartner.

Es war auf einmal eine Lebenspartnerin.

Verwundert war ich nur über ihre Schönheit. Sie hatte rotblondes, langes Haar, war zart gebaut und sie trug eine Brille. Sie sah einer Sängerin ähnlich, die ich vor kurzem im Fernsehen gesehen hatte. Stefanie Heinzmann. Ich zog sie in meine Arme. Da fragte sie: „Bist Du eine Sibylle?"

Nein.

Den Ausdruck „Sibylle" hatte ich in diesem Zusammenhang noch nie gehört. Aber ich war mir sicher sie meinte „Lesbe". Ich war mir auch sicher, dass ich keine Lesbe bin. Ich stand auf und sah mich um. Ich befand mich in einem großen altmodischen Schlafsaal, in Gemeinschaft von mir unbekannten Menschen; in einem Sanatorium vielleicht, oder in einer Klinik. Das fand ich angenehm. Nur, dass die Schöne zu mir sagte: „Schau, jetzt bist Du ja schon viel ruhiger", das irritierte mich. Was hatte ich getan?

Ich konnte mich an nichts erinnern.

An gar nichts. Als ich hier hinkam war ich also nicht ruhig gewesen! Ich wollte lieber nicht wissen warum ich herkam und von woher. Aber ich kam nicht dazu, den Gedanken weiter zu verfolgen. Eine Gruppe fremder Menschen betraten den Raum. Waren sie eine Delegation von Fachleuten, die uns mit Fragen konfrontieren würden?

Die uns mit Antworten konfrontieren würden?

Ein Raunen ging um. „Das sind die Verwandten." Forschend betrachtete ich die Besucher.

Dann Erleichterung. Meine Angehörigen waren nicht darunter. Ich kannte niemanden. Also ging ich zum Fenster und schaute hinaus. Auf der anderen Straßenseite erblickte ich ein Haus, das mir bekannt vorkam. Ein Eckhaus, denn dort gabelte sich die Straße. Auf dieser Straße bin ich doch schon des Öfteren gewesen. Dieses Eckhaus war mir doch vertraut! Es ist ein Gasthaus, ein renommiertes Hotel sogar! Ich lehnte mich weit zum Fenster raus, um den Namen zu entziffern. Wenn ich nur wüsste wo ich bin und wo ich hin muss!

Ich konnte es fast erkennen, ich musste mich nur noch mehr anstrengen, musste mich besser konzentrieren! Ich lehnte mich noch ein Stückchen weiter raus –

und fiel zurück – hier bin ich wieder!

Danksagung

Für die Idee meine Geschichten selbst zu illust-
rieren, danke ich meiner Freundin und Lektorin
Uschi
Das hat mir sehr viel Spaß gemacht.

Weitere Bilder: **www.walliwelt.bodautor.de**

Ebenfalls Dank gebühren Uwe und seine Crew,
für ihre Begeisterung und Ermunterung.